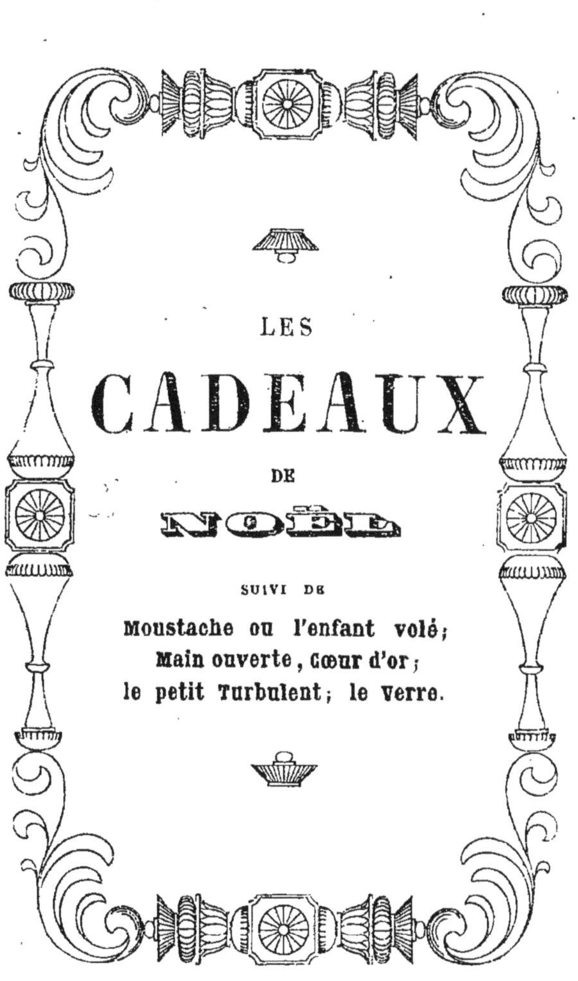

LES CADEAUX DE NOËL

SUIVI DE

Moustache ou l'enfant volé;
Main ouverte, Cœur d'or;
le petit Turbulent; le Verre.

LES
CADEAUX
DE
NOËL

SUIVI DE

MOUSTACHE OU L'ENFANT VOLÉ ;

MAIN-OUVERTE, COEUR D'OR ; LE PETIT TURBULENT ;

LE VERRE.

Par Mme C. G.

TOURS

A^D MAME ET CIE, IMPRIMEURS-LIBRAIRES.

—

1851

1

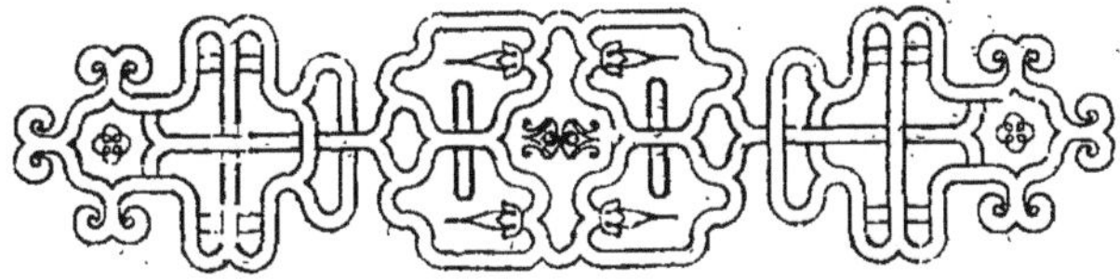

LES CADEAUX

DE

NOËL

Depuis quelques instants, Alice, blonde et rieuse enfant de cinq ans, venait d'interrompre les naïves questions qu'elle ne cessait d'adresser à sa mère tout en jouant, pour prêter une attention particulière au bruit joyeux des cloches sonnant à grandes volées.

« Maman, dit tout à coup la petite fille, voulez-vous bien me dire quelle fête annoncent ces cloches ?

— Volontiers, mon enfant; c'est demain la fête de Noël, le jour de la naissance du divin enfant Jésus.

— Ah ! quel bonheur ! » s'écria Alice en frappant ses petites mains l'une contre l'autre; puis, comme si quelque pensée chagrine fût venue troubler sa joie, son frais visage changea subitement d'expression, et ne laissa plus voir que celle de l'inquiétude. Aussi fut-ce presque en hésitant qu'elle continua : « Maman, combien y a-t-il que cette fête est passée ?

— Un an, ma fille.

— Un an ! reprit Alice, c'est bien

cela ; alors j'ai donc raison d'être contente et d'être triste en même temps.

— Explique-toi, chère enfant, je ne te comprends pas, dit en souriant Mme de Surville.

— Oh ! maman, c'est bien simple. D'abord je suis contente parce que je me rappelle que l'an dernier vous m'avez menée avec vous à l'église, et que j'y ai vu un tout petit enfant, couché sur un coussin de satin blanc, entouré de fleurs et de cierges allumés. C'était bien beau, oh ! bien beau ! Vous m'avez dit d'envoyer un baiser à l'enfant Jésus, et je l'ai fait. Ai-je bonne mémoire, maman, et voudrez-vous que j'aille encore avec vous demain ?

— Je te le promets, ma fille ; mais tu ne m'as pas dit quelle était la cause de ta tristesse.

— Maman, je suis triste parce que je crains de n'avoir pas mérité que l'enfant Jésus vienne m'apporter cette nuit le présent que vous m'avez assuré qu'il ne manquerait pas de me faire si je me corrigeais de mon entêtement. Oh ! ce ne sera pas votre faute, maman, si je ne l'ai pas ; car vous m'avez dit assez souvent : « Alice, souviens-toi de la « nuit de Noël. » Combien ai-je encore de temps à attendre, maman ?

— Bien peu ; quelques heures seulement.

— C'est encore trop long, reprit Alice en soupirant, et j'ai peur de ne rien trouver demain ; c'est qu'alors l'enfant Jésus serait fâché contre moi ; et vous aussi, maman. » A ces dernières paroles, la voix d'Alice s'altéra, et deux grosses larmes roulèrent dans ses yeux, qu'elle tenait attachés sur sa mère.

« Espère, ma fille, dit Mme de Surville en attirant Alice sur son sein. La crainte que tu témoignes me prouve que tu tiens à être aimée de l'enfant Jésus et de ta mère. Prends patience, j'ai idée que l'enfant Jésus sera bon pour toi. »

A demi consolée, Alice embrassa tendrement sa mère, et se remit à jouer; mais il était facile de voir qu'elle était toujours préoccupée de la même idée, puisqu'elle demandait de temps en temps : « Maman, sera-t-il bientôt nuit ? »

Enfin cette nuit si désirée arriva, et Alice, après avoir prié Dieu avec sa mère, alla se coucher, puis s'endormit en murmurant :

« Oh ! je n'aurai rien ! je n'aurai rien ! »

Mais qui pourrait peindre la surprise et le bonheur de la petite fille en s'éveillant au matin, quand, sur une table dressée près de son lit, elle vit un bel enfant Jésus qui semblait lui sourire et lui montrer son présent de Noël ! C'était un riche nécessaire pourvu des mille jolies choses à l'usage d'une petite fille laborieuse; à côté était un livre élégamment relié, qui promettait force gravures et d'intéressantes histoires.

Alice fut aussitôt sur son séant. Ses yeux ravis allaient d'un objet à un autre.

« Mon petit Jésus, que je vous remercie ! » dit-elle en se mettant à genoux sur son lit et en croisant ses mains. « Faites-moi, je vous prie, la grâce que je sois toujours sage. »

En ce moment Mme de Surville entra dans la chambre de sa fille.

« Bonjour, maman, s'écria Alice. Voyez, voyez; un, deux, trois présents. Que je suis heureuse ! »

Mme de Surville accueillit ce naïf transport avec un doux sourire. « Et qu'est-ce qui te plaît le plus dans tout ceci ? dit-elle à la petite Alice qui s'était jetée à son cou.

— Maman, c'est l'enfant Jésus. S'il est là, c'est qu'il aime Alice; et s'il lui a fait ces beaux présents, c'est qu'elle n'a pas été trop méchante ni trop entêtée. Merci, petit Jésus ! J'espère que vous m'en donnerez d'autres l'an prochain.

— Il te sera peut-être bien difficile

d'en obtenir. Tu auras une année de plus, ma chérie, et sais-tu qu'à six ans une petite fille doit être presque aussi raisonnable que sa mère?

— Oh ! le petit Jésus m'y aidera, maman. Chaque jour je ferai ma prière devant lui, je lui offrirai les plus belles fleurs de mon jardin, je viendrai lire ma leçon près de lui. Voyons, que pourrai-je faire encore ? Tenez, maman, ajouta la gentille Alice après avoir réfléchi pendant quelques instants, il me semble qu'en faisant toujours votre volonté, ce sera le meilleur moyen de plaire à l'enfant Jésus et d'avoir d'autres présents. Qu'en pensez-vous, maman ?

— Je ne puis qu'approuver, ma chérie, et encourager tes bonnes pensées. Oui, si tu veux être agréable à l'enfant Jésus et lui ressembler, il faut être soumise et docile, et si tu désires qu'il te protége, il faut l'aimer de tout ton cœur.

— Et vous, maman, quand vous étiez petite comme Alice, n'avez-vous pas eu aussi des présents de lui ?

— Oh ! il y a longtemps de cela, mon enfant, et si longtemps que je pourrais en avoir perdu le souvenir; ce qui cependant n'est pas arrivé, car le premier cadeau que je reçus de cette main bénie me causa un grand chagrin ; c'est toute une histoire.

— Voudrez-vous me la raconter, maman ?

— Oui, si tu es bien sage et bien tranquille à l'église. »

Alice n'avait pas besoin de cet espoir

pour se bien conduire dans la maison
du bon Dieu. Alice était une petite
fille pieuse, qui savait parfaitement sa
prière. Elle avait un joli chapelet et un
petit Paroissien dans lequel elle s'essayait à suivre l'office. Grâce à Dieu,
et sans doute à l'enfant Jésus, auquel,
toute jeune qu'elle était, elle portait
une tendre dévotion, elle ne ressem-
blait pas à ces petites filles étourdies et
légères qui ne sont pas plutôt entrées
à l'église, qu'elles tourmentent leur
maman ou leur bonne pour en sortir.
Non. Quand elle entrait dans le lieu
saint, elle marchait modestement jusqu'à sa place, puis s'agenouillait, croi-
sait ses petites mains et disait sa prière.
Ensuite elle s'asseyait et lisait dans son
livre; et tant que durait la messe ou
les vêpres, elle était si raisonnable que

sa mère en était tout heureuse et toute fière.

Si Alice n'avait pas été entêtée et un peu boudeuse, elle eût été une petite fille parfaite. Cependant il faut croire qu'elle s'était efforcée de ne pas se livrer aussi souvent à ces deux penchants, puisque l'enfant Jésus lui avait fait deux beaux cadeaux.

Du reste, elle vous l'a dit elle-même, chers lecteurs, elle espère que le petit Jésus l'aidera à se corriger. Sa confiance ne sera pas trompée, soyez-en sûrs; et si vous avez, comme elle, quelques défauts, adressez-vous au divin enfant, à cette source de toutes les grâces, et vous deviendrez avec son secours de bons et pieux enfants.

Quand Alice fut habillée, elle alla donner un dévot regard à l'enfant Jésus, un joyeux coup d'œil à son nécessaire et à son livre; puis elle se hâta de rejoindre sa mère, qui l'attendait.

Alice fut si sage et si recueillie pendant la sainte messe, que sa mère, en sortant de l'église, lui dit :

« Mon Alice, tu m'as fait tant de plaisir par ta bonne tenue que je veux t'en récompenser; dis-moi ce que tu désires, et je te le donnerai.

— Maman, répondit la charmante petite fille, faites, je vous prie, qu'un autre enfant soit aussi heureux que je le suis. Ce sera peut-être bien difficile, dites, maman, car votre Alice est si heureuse !

— Ce souhait part d'un bon cœur, ma chérie, et je m'en voudrais de ne pas chercher à le satisfaire.

— Oh ! maman, voyez donc ce

pauvre petit garçon, comme il a l'air triste ! »

Et Alice désignait à sa mère un enfant de six ans, qui, tout grelottant de froid et à peine vêtu, jetait des regards désolés sur les passants. On eût dit qu'il voulait demander l'aumône, mais qu'il n'osait pas.

Mme de Surville s'approcha du pauvre enfant ainsi qu'Alice, qui lui dit aussitôt avec une gracieuse naïveté :

« Est-ce que vous n'êtes pas heureux ?

— Oh ! non, Mademoiselle, répondit l'enfant.

— Que faut-il pour que vous le soyez ?

— Il faudrait que ma mère le fût, Mademoiselle.

— Eh bien ! qu'a-t-elle votre mère ? reprit Alice avec intérêt.

— Elle n'a pas d'ouvrage, et n'a pas de pain à me donner.

— Ah ! mon Dieu ! s'écria Alice en regardant sa mère. Maman, veuillez donner de l'argent à ce petit garçon ; il a faim sans doute.

— Faisons mieux, ma chérie ; allons voir la mère de cet enfant. Tu lui feras toi-même ton offrande, et moi je saurai si je puis lui être utile. »

Mme de Surville se plut à participer à la généreuse pensée de sa petite Alice, en la lui faisant mettre en action et en lui apprenant par son exemple qu'il ne faut jamais faire à demi une bonne œuvre.

La pauvre femme dut bénir le saint jour de Noël ; car son courage fut relevé

par la promesse que lui fit Mme de Surville de lui procurer de l'occupation;
puis elle fut soulagée dans sa détresse
par la petite Alice, qui déposa sur la
cheminée le don de sa mère.

Ce fut seulement alors que la gentille
enfant, se tournant vers le petit garçon,
lui dit avec un charmant sourire :

« Êtes-vous heureux maintenant ?

— Oh ! oui, je le suis, répondit-il,
parce que ma mère ne pleurera plus,
et n'aura plus de chagrin. Que Dieu
vous bénisse, Mademoiselle.

— Et l'enfant Jésus aussi, ajouta la
petite Alice; c'est lui qui me rendra
charitable et bonne comme maman.

— Chère Alice, lui disait sa mère
quelques instants plus tard, garde un
doux souvenir de cette belle journée, et
puisses-tu n'avoir jamais que des plai-

sirs purs comme ceux que tu as
goûtés aujourd'hui! Faire des heureux,
ma fille, c'est un grand bonheur que
Dieu n'accorde pas à tous.

— Maman, le bonheur ne s'oublie
pas; je me le rappellerai.

— Bien, ma chérie; et pour que ce
saint jour de fête, si fertile en déli-
cieuses émotions pour ma petite Alice,
ne soit témoin que de joies simples et
innocentes, je vais satisfaire le désir
que je vois briller dans ses yeux en lui
disant l'histoire dont je lui ai parlé ce
matin à propos des cadeaux de Noël. Ai-
je bien deviné ton désir, chère enfant?

— Oui, maman; je vais m'asseoir
à vos pieds, et vous écouter bien atten-
tivement.

— Non, pas à mes pieds; tu as mérité d'être sur mes genoux et bien près

de mon cœur. N'est-ce pas la place la plus enviée de toi?

— C'est bien aussi la meilleure.

— Un baiser, mon Alice, et je commence :

« Je naquis le jour de Noël; mais je ne vins pas seule au monde. Avec moi entra dans la vie une autre petite fille qui se nommait Alice, comme toi, ma chérie.

« Cette sœur bien-aimée, cette autre moi-même, car notre ressemblance était si parfaite que notre mère souvent nous prenait l'une pour l'autre; cette sœur bien-aimée, dis-je, avait pour moi une tendresse si vive et si profonde que rien ne lui coûtait pour m'en donner des preuves. Je ne puis y penser sans que mon cœur se serre à ce cher et douloureux souvenir : c'est que, hélas ! sa tendresse pour moi devait lui être fatale.

« Si nous étions complétement semblables quant au physique, nos caractères n'avaient aucune conformité. Alice possédait toutes les qualités qu'on peut souhaiter de voir dans une petite fille ; moi, à part l'affection que je portais à ma sœur et mon amour pour mes parents, je crois que j'avais en moi les germes de tous les défauts.

—Oh ! maman, cela n'est pas possible ! s'écria la petite Alice.

—C'est la vérité, ma chérie. Mais ne m'interromps pas, je t'en prie.

« Comme tu dois le penser, j'étais souvent grondée par ma mère et plus d'une fois punie, au grand désespoir d'Alice, qui perdait ses sourires et

n'avait plus de joie sitôt que je m'étais
attiré quelque sévère correction.

« Tu en fais punir deux, me disait-
« elle; je souffre autant que toi : ne
« sois donc plus méchante. »

« Sur le moment, touchée de son
chagrin, je lui répondais : « C'est la der-
« nière fois, sœur. » Mais j'étais si légère,
si irréfléchie et en même temps d'un
sang si impétueux, que j'avais plus tôt
commis une faute que je ne m'étais
arrêtée à l'idée de la faire.

« Dans trois mois nous allions avoir
cinq ans; notre mère nous dit un
matin : « Mes chères petites filles, c'est
« bientôt la fête de Noël et le jour de
« votre naissance. Si d'ici là vous ne
« me donnez aucun sujet de mécon-
« tentement, l'enfant Jésus apportera,
« la nuit de Noël, un joli cadeau à

« chacune de vous. Toi, ma chère
« Alice, dit-elle à ma sœur, je suis
« bien sûre que tu en auras un; mais
« toi, ma pauvre Lucile, je crains que
« tu n'en aies pas, si tu continues à
« être la même enfant indocile, colère
« et gourmande. Ne saurais-tu donc
« te corriger de ces défauts, et devenir
« une aimable petite fille, comme ta
« sœur Alice? Voyons, donne cette
« joie à ta mère, qui t'aime tant; et
« au lieu d'un cadeau tu en auras deux.

« — Et je te donnerai le mien de
« grand cœur, s'écria Alice en se
« jetant à mon cou. Promets, sœur;
« promets à notre mère de te corriger. »

« Je le promis, et je crois que j'étais
sincère. Les douces paroles de ma mère,
les caresses de ma sœur et l'espoir d'un
joli cadeau, tout cela m'avait vivement

impressionnée. Par malheur mes bonnes résolutions s'évanouirent presque aussitôt qu'elles avaient été formées, et je restai telle que j'étais, sans faire aucun effort sur moi-même.

« Le bon Dieu devait me punir : d'abord parce que je n'avais pas été fidèle à ma promesse, puis parce que, sans regret aucun, je faisais de la peine à une aussi bonne mère que la mienne, sans compter les chagrins que je causais à ma petite sœur.

« Cependant ma mère, à chaque nouvelle réprimande qu'elle m'adressait, ne manquait pas d'ajouter : « Lucile ! Lucile ! tu veux toujours « être une méchante petite fille ? La « nuit de Noël viendra, et alors tu « te repentiras de ne m'avoir point « écoutée. »

« Que te dirai-je? ma petite Alice.

« Je fermai mes oreilles et mon cœur aux avis de ma mère; et la veille de Noël arriva.

« Le soir, lorsque je fus couchée, j'entendis pleurer à mes côtés ma sœur chérie.

« Qu'as-tu? lui dis-je en cherchant son visage pour l'embrasser.

« Oh! petite sœur, me répondit-elle, « j'ai peur que l'enfant Jésus ne te « fasse pas de cadeau. Je l'ai pourtant « bien prié, va : je lui ai dit qu'il ne « m'en donne pas, si tu ne dois pas en « avoir ; je ne veux rien de plus que « toi. » Et elle se reprit à pleurer.

« Je ne sais pourquoi; mais j'en fis autant qu'elle; et ce fut ainsi que nous nous endormîmes dans les bras l'une de l'autre.

« Quand je me réveillai au matin, Alice n'était pas près de moi. — Étonnée, je la cherchai du regard dans notre chambre, et je la vis agenouillée devant un petit meuble où nous serrions nos joujoux; elle en refermait les portes.

« Je l'appelai; elle se retourna, et m'envoyant un triste sourire, elle me dit : « Dors, petite sœur; dors encore.

« — Pas sans toi, lui répliquai-je; « viens avec moi. »

« Je l'aidai à remonter dans notre lit, et nous y restâmes jusqu'à ce que notre bonne vînt nous habiller.

« Mesdemoiselles, nous dit cette « fille lorsque nous fûmes prêtes, votre « maman vous demande. »

« Alice me prit par la main, et nous allâmes trouver notre mère. Avant d'entrer dans la chambre, j'arrêtai Alice pour lui dire : « Et l'enfant Jésus, il ne « nous a donc rien apporté ?

«—Tais-toi; oh! tais-toi, s'écria-t-elle; « ne parle pas de cela devant maman.

«— Eh bien! Alice, es-tu contente du « cadeau de l'enfant Jésus? » dit ma mère en s'adressant à ma sœur quand nous fûmes près d'elle.

« Mais, maman, criai-je étourdiment, « le petit Jésus ne nous a rien donné.

«—Que dites-vous, mademoiselle? » reprit ma mère en fixant sur moi un regard sévère. « Osez-vous bien dire « cela? N'avez-vous pas honte?..» Puis voyant qu'Alice rougissait et pâlissait tour à tour, elle l'attira à elle; et la baisant au front, elle lui dit : «Qu'as- « tu, Alice? Qu'est-ce qui te fait de la « peine ?

«—Oh ! maman, je vous en prie, ne
« parlez pas d'un ton si fâché à ma
« sœur, répondit la douce enfant. C'est
« moi, c'est moi. » Et elle ne put rien
ajouter.

« Je crois deviner, mon enfant, lui
« dit ma mère d'une voix caressante;
« mais je veux que tu me dises la vé-
« rité tout entière. »

« Alors Alice avoua à notre mère
que, s'étant éveillée la première, elle
avait aperçu, au pied de notre lit, deux
objets, dont l'un l'avait grandement
affligée, sachant bien qu'en les voyant
j'aurais beaucoup de chagrin; qu'elle
avait songé à m'en dérober la vue en
les cachant; et qu'enfin étant descendue
de notre lit, elle avait réussi à les
mettre dans notre petite armoire avant
mon réveil.

« Cet aveu touchant ne désarma point ma mère contre moi ; elle était trop justement irritée.

« Lucile, me dit-elle, allez chercher « ce que votre sœur n'a pas voulu que « vous vissiez. »

« J'obéis, le cœur palpitant d'un vague effroi, quoique je ne me doutasse nullement de la désagréable surprise qui m'attendait.

« Comment rendre l'effet que produisirent sur moi les deux objets enlevés si précipitamment par mon Alice bien-aimée ! L'aspect de l'un d'eux surtout me donna un frisson de crainte. Hélas ! celui-ci était une affreuse poignée de verges ; elle m'était destinée. L'autre était une belle poupée ; elle était pour Alice.

« Maintenant, comprends-tu, ma petite Alice, dit Mme de Surville, combien ma sœur était bonne et généreuse, et quel cœur était le sien pour me sacrifier ce cher cadeau, cette belle poupée qu'elle avait si bien méritée?

— Oh! maman, comme elle vous aimait! répondit Alice. Je voudrais lui ressembler et avoir une petite sœur comme elle. Pourquoi n'existe-t-elle plus, maman?

— C'était un petit ange. Dieu l'a rappelée à lui, mon enfant.

« Mais je continue.

« Je ne pouvais me décider à emporter ce témoignage accusateur qui devait révéler à tout le monde que j'étais une méchante petite fille. Cependant je le fis tout en pleurant et en regrettant de ne pas avoir profité des tendres avis de ma mère : elle m'avait bien dit que je me repentirais.

« Ma chère Alice se précipita au-devant de moi pour m'encourager et me consoler. Elle prit de mes mains la poignée de verges, me laissant seulement sa poupée à porter.

« Non, dit ma mère, à chacune de « vous ce qui lui appartient : à made-« moiselle Lucile sa poignée de verges; « et à toi, mon Alice, ta belle poupée. »

« J'avais le cœur si gros, que je ne pouvais parler.

« Ce n'est pas tout, ajouta ma mère : « vos petites amies doivent venir « passer la soirée avec vous; j'exige « que vous leur montriez chacune le « cadeau que vous avez reçu. »

« Alice demanda grâce pour moi. Je

me jetai aux genoux de ma mère, la priant de me pardonner. Elle fut inexorable, et le soir je dus faire voir à nos petites amies cette horrible poignée de verges.

« Je ne pus supporter leurs rires moqueurs, et je m'évanouis. Ma pauvre Alice, me croyant morte, se mit à pousser des cris perçants. Sa douleur était effrayante; elle m'appelait, me pressait les mains, en répétant : « Oh!
« la vilaine poignée de verges! elle a
« fait mourir ma petite Lucile. O petit
« Jésus, rendez-moi ma sœur chérie;
« faites qu'elle me regarde. Je t'en prie,
« Lucile, ouvre les yeux : c'est ta sœur
« qui te parle! »

« Enfin je repris connaissance, à la grande joie d'Alice et de ma bonne mère.

« Mais, hélas! ma chère Alice fut prise pendant la nuit d'une grosse fièvre, et dans son délire elle voyait toujours la malheureuse poignée de verges. Je ne la quittai pas, et sitôt qu'elle fut mieux, je lui promis d'être aussi sage qu'elle.

« Pour cette fois je tins ma promesse, et au bout de l'année, à pareille époque, il y avait en moi un tel changement que l'enfant Jésus m'apporta, comme à ma sœur, un joli cadeau.

« Ce fut presque le seul bonheur complet que nous goûtâmes ensemble. Au printemps de l'année suivante nous avions accompagné notre mère dans un voyage qu'elle fit en Savoie, aux eaux d'Aix. La maison que nous habitions avait un jardin, au bout duquel se trouvait une pièce d'eau vive.

« Un soir que nous jouïons sur ses bords, sous les yeux de notre bonne, et que nous nous amusions à cueillir les pâquerettes dont était semé le talus verdoyant qui encaissait la pièce d'eau, je m'avançai trop ; le pied me glissa, et je tombai dans l'eau. Ma sœur, éperdue, s'élance après moi, en s'écriant : « Mourir avec Lucile ! »

« Je fus seule retirée vivante. Ma chère, ma bien-aimée Alice avait été victime de sa tendresse pour moi.

— Oh ! maman, que vous avez dû avoir de chagrin ! s'écria la petite Alice.

— Je faillis mourir de douleur. Je fus dangereusement malade, et restai longtemps en langueur. Dieu eut pitié des larmes de ma mère ; il me laissa pour la consoler.

— Je suis sûre, maman, que c'est en souvenir de votre chère sœur que vous m'avez fait porter son nom.

— C'est vrai, mon Alice; et en te le donnant j'ai souhaité que tu eusses le cœur et les qualités de cette tendre compagne des premières années de mon enfance.

— Maman, je demanderai tous les jours au petit Jésus qu'il exauce votre vœu. »

FIN DES CADEAUX DE NOEL.

MOUSTACHE
ou
L'ENFANT VOLÉ

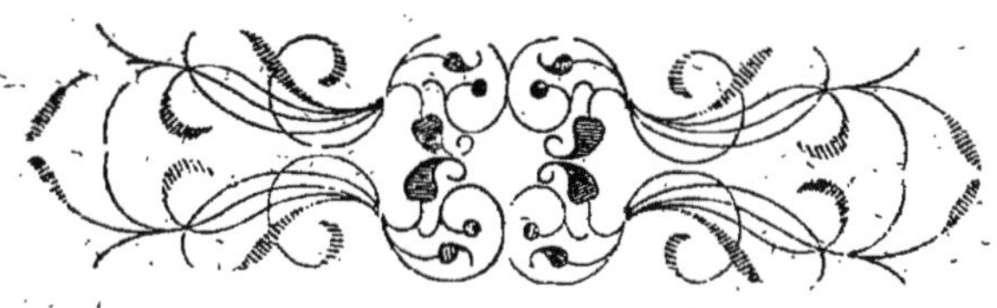

MOUSTACHE

ou

L'ENFANT VOLÉ

Madame de Belval habitait pendant la belle saison une maison de campagne située aux environs de Paris, avec son fils, le petit Edmond, et plusieurs domestiques. Dans cette élégante villa, entourée de frais ombrages et de parterres de fleurs aux plus suaves parfums et aux plus riches couleurs, le petit Edmond passait des jours bien heureux. Il n'eût jamais pleuré, s'il n'avait pas été désobéissant et volontaire, car sa mère l'idolâtrait. Elle n'avait pas d'autre enfant que lui, et était veuve.

En s'ébattant aux doux rayons du soleil sur les vertes pelouses, le petit garçon s'écriait souvent : « Que petit Monmond est content ! que petit Monmond est content ! Et toi, gros Moustasse, l'es-tu ? »

Or il faut que vous sachiez, mes chers lecteurs, que Moustasse, ou plutôt Moustache, est un bon chien fort attaché à son jeune maître, bien que celui-ci lui fasse plus d'une petite malice ; ce qui n'empêche pas le fidèle animal d'être le compagnon inséparable des jeux et des promenades de l'enfant.

Lorsque Edmond demandait à son chien s'il était content, le brave Moustache s'asseyait sur son derrière, fixait sur son maître des yeux où brillait l'intelligence unie à l'affection, et frétillait de la queue.

C'était une réponse bien éloquente. Aussi Monmond ne s'y méprenait-il pas, et saisissant dans ses mains mignonnes la grosse tête de Moustache, il l'embrassait de bon cœur; alors le chien de sauter et d'aboyer joyeusement, et Monmond de rire aux éclats.

Si Edmond était triste, le chien l'était aussi, et Edmond ne l'était qu'après avoir été grondé pour quelque désobéissance.

« Mon fils, lui disait Mme de Belval,

je ne t'aimerai plus, parce que tu me désobéis toujours. »

Et Edmond répondait : « Petite mère ! Monmond n'est pas méchant; il a mauvaise tête, il oublie. Il ne le fera plus, petite mère ! »

Mais il recommençait quelques instants plus tard.

L'habitation de sa mère avait plusieurs portes de sortie, entre autres une donnant sur un bois coupé d'allées dont les arbres formaient le dôme, et où le muguet, la violette et la pervenche, croissaient et s'épanouissaient sans qu'aucune main profane vînt les cueillir.

Cependant Edmond les avait vus, lui, et, dédaignant les belles fleurs de ses jardins, il se sentait attiré de préférence vers celles qui se cachaient modestement dans les bois. Il faut dire aussi qu'il y avait par-ci par-là quelques fraises parfumées qui avaient séduit ses regards et excité ses désirs.

Edmond aimait beaucoup à faire sa volonté, et il voulait aller cueillir des fleurs et manger des fraises. Plusieurs fois déjà, trouvant la porte ouverte, il s'était aventuré assez loin pour qu'on fût en peine de lui.

Grondé sévèrement pour cette im-prudence, Edmond avait promis de ne plus aller seul dans le bois. Pourtant il avait répondu aux remontrances de sa mère, qui lui disait qu'un enfant ne devait pas sortir sans être protégé par quelqu'un :

« Petite mère, je ne suis pas seul, puisque j'ai Moustasse. Avec lui je suis un homme, je n'ai pas peur.

— Vous n'êtes qu'un enfant, mon fils, avait répliqué Mme de Belval, et je vous défends de franchir même la porte. Si vous le faites, le bon Dieu vous punira. »

Promettre et tenir sont deux. Hélas ! petit Monmond va le prouver.

A quelques jours de là, Edmond trouva encore la porte ouverte, et repoussant la pensée, inspirée par son ange gardien, qu'il fâcherait le bon Dieu et ferait de la peine à sa mère s'il désobéissait, il passa outre, et alla si loin, si loin, qu'il perdit bientôt de vue les murs du jardin.

Comme il se penchait vers un fraisier chargé de fruits en pleine maturité, Moustache se mit à gronder, et un homme de mauvaise mine s'élança tout à coup d'un taillis voisin.

Edmond effrayé laissa tomber ses fraises et voulut s'enfuir; l'homme l'en empêcha en le retenant fortement par le bras, et en lui disant brusquement:

« Es-tu seul?

— A moi, Moustasse! » cria Edmond.

A l'appel de son maître, le chien, furieux, se jeta sur le mendiant et lui fit de cruelles morsures; mais l'homme, tenant bien sa proie d'une main, assena un si violent coup de bâton au pauvre Moustache, qu'il lui cassa une patte de devant et lui fit lâcher prise. Le fidèle animal tomba en poussant un long gémissement.

Alors le ravisseur du désobéissant Edmond, débarrassé de son dangereux adversaire, mit un bâillon à l'enfant plus mort que vif, et l'emporta au plus

épais du bois. Bien sûr de ne pas avoir
été vu, le mendiant enleva les beaux
habits d'Edmond, les cacha dans un
buisson, et le revêtit de misérables
haillons; puis il lui dit d'une voix rude,
qui fit trembler l'enfant de tous ses
membres :

« Si tu cries, je te tue. »

Ainsi travesti, le malheureux Éd-
mond n'était plus reconnaissable. Il
pleurait tout bas, n'osant crier, tant
il avait peur du vilain homme, qui le
portait. Ah ! il n'était plus heureux, le
petit Monmond ! Le bon Dieu l'avait
puni de ce qu'il avait désobéi à sa mère.

Mme de Belval, inquiète de ne pas
entendre son fils, l'appela. Ne le voyant
pas accourir à sa voix comme d'habi-
tude, elle sonna et le demanda au domestique qui vint prendre ses ordres.

Il ne l'avait pas vu, il ne savait où il était.

Le cœur de la pauvre mère se serra sans qu'elle sût pourquoi.

L'alarme fut aussitôt donnée. On courut, on chercha d'abord dans le jardin, puis dans le bois. Il était trop tard; le petit Edmond avait disparu. Seulement on découvrit Moustache gisant près d'un buisson; et, chose extraordinaire, quand le domestique voulut le prendre, il se mit à se débattre et à hurler.

La funeste pensée que le petit Edmond avait été tué et enterré auprès du buisson vint à l'esprit du domestique; dans cette crainte il fouilla le buisson, où il trouva les habits d'Edmond.

C'étaient eux que le fidèle Moustache

gardait, n'ayant pu suivre son petit maître et son ravisseur.

Mme de Belval, au désespoir, fit battre le bois dans tous les sens; guidant elle-même les recherches de ses gens, elle alla dans tous les villages environnants. Il n'y eut pas une seule cabane, une chaumière, une maison où elle n'entrât demander son fils; elle n'en put avoir aucune nouvelle; personne ne l'avait vu. Elle revint à Paris, s'adressa à la police, promit sa fortune si on lui rendait son fils... Toutes ses démarches eurent pour même résultat de la convaincre de cette triste vérité, que son fils était perdu pour elle.

Quand une mère a du chagrin, c'est à Dieu qu'elle a recours; elle le prie pour son enfant, et bien souvent, oui bien souvent, sa prière est exaucée.

Mme de Belval n'avait pas attendu que son espoir dans les hommes fût trompé, pour s'adresser à Dieu. Dès que ce malheur affreux l'avait frappée, elle était allée se jeter au pied des saints autels, et là, prosternée devant la statue de la reine des anges, elle lui avait dit : « Vierge sainte, vous qui êtes mère aussi, prenez pitié de ma douleur, rendez-moi mon fils ! » Et depuis elle n'avait pas manqué une seule fois d'aller tous les matins renouveler sa prière et entendre la messe.

En sortant de l'église elle errait dans les rues, s'arrêtant à chaque pas pour examiner tous les enfants qui passaient près d'elle, espérant toujours que dans l'un d'eux elle retrouverait son fils. Vaine espérance ! Chaque soir elle rentrait plus découragée, plus abattue.

Un jour, brisée de fatigue, elle fut forcée de renoncer à ses courses à pied ; mais ne pouvant rester chez elle où le souvenir de son enfant ne lui laissait aucun repos, elle monta en voiture et dit à son cocher de la conduire sur les boulevards, et d'y mettre ses chevaux au pas. Moustache, le fidèle Moustache, parfaitement remis de son accident, mais l'œil triste et morne, était couché aux pieds de sa maîtresse ; depuis la disparition d'Edmond, le bon animal avait reporté sur Mme de Belval l'attachement qu'il avait naguère pour son fils.

Il y avait deux heures et plus que la voiture roulait lentement, ayant parcouru toute la ligne des boulevards, lorsque, arrivé sur la place de la Bastille, Moustache, lassé d'être dans la même position, se leva, appuya ses pattes sur la portière, et regarda les passants. Soudain il s'agite avec fureur, ses yeux étincellent, et d'un brusque élan sautant hors de la voiture, il s'élance à la poursuite d'un homme mal vêtu qui se dirigeait en ce moment vers la rue Saint-Antoine.

« Saint-Jean, cria Mme de Belval à son valet de pied, faites arrêter; Moustache vient de quitter la voiture, il faut l'attendre. » Ensuite elle se dit : C'est singulier ! qu'a donc Moustache pour courir après cet homme ? Oh ! les chiens ont un si merveilleux instinct ; qui sait ! si c'était !... La fin de la phrase mourut sur ses lèvres.

Une demi-heure s'écoula, et Moustache ne parut pas. Bien que préoccupée du brusque départ du chien, Mme de

Belval se fait reconduire à son hôtel, réfléchissant que le bon animal saurait bien de lui-même retrouver son chemin.

La perte d'un chien ne peut certes se comparer à celle d'un enfant, et cependant la mère d'Edmond pleura le compagnon fidèle de son petit Monmond.

Nombre de jours s'étaient passés depuis ce dernier événement, et le faible espoir que Mme de Belval avait conservé au fond de son cœur s'était éteint; il avait fait place au plus sombre découragement, quand un matin la porte de sa chambre est ouverte précipitamment, et sa femme de chambre entre, devancée par Moustache.

Hélas ! ce n'était plus le brillant Moustache d'autrefois, gros, gras, à la robe bien lustrée. C'était un pauvre chien maigre, efflanqué, aux poils hérissés, à la queue basse et traînante. Malgré son état de souffrance, il témoigne à sa maîtresse la joie qu'il éprouve de la revoir, et lui lèche les mains en jappant doucement d'une façon toute plaintive; on dirait des cris de joie et de douleur.

« Pauvre Moustache, te voilà! lui dit Mme de Belval. Où as-tu été pendant tout ce temps? As-tu cherché le petit Edmond? »

A ce nom chéri, le chien dresse ses oreilles et fait entendre un sourd gémissement; puis il va vers la porte en tournant la tête du côté de sa maîtresse.

« Il a faim, Annette, dit Mme de Belval à sa femme de chambre; faites-lui tout de suite donner à manger. »

Annette se dispose à exécuter l'ordre

qu'elle a reçu ; et sortant aussitôt, elle appelle le chien.

Moustache ne remue même pas ; ce n'est pas à manger qu'il veut. Le voilà qui revient à sa maîtresse, qui la prend par le bas de sa robe et la tire à lui comme s'il voulait la faire lever. Puis, voyant qu'on ne le comprend pas, il va de nouveau à la porte et se retourne encore en poussant une plainte lugubre.

« Mais qu'a donc ce chien ? s'écrie Mme de Belval aussi surprise qu'émue. Il a l'air de m'inviter à le suivre. Voyons si c'est cela qu'il veut. »

En prononçant ces mots, Mme de Belval s'avance vers Moustache, qui paraît heureux et se met à marcher devant elle.

« C'est cela, Annette, voyez-vous !

dit Mme de Belval hors d'elle-même.
Vite mon châle, mon chapeau, et dites
à Saint-Jean qu'il m'accompagne. »

Pendant ces préparatifs, Moustache
manifestait son impatience, en allant
et venant, et se plaignant douloureu-
sement.

Enfin Mme de Belval est prête et se
rend à la pressante invitation de Moustache, qui lui fait mille caresses pour
la remercier de sa confiance.

Mme de Belval se hâte derrière son
guide, qui tourne souvent la tête
pour s'assurer s'il est suivi, puis qui
reprend sa course avec plus de rapidité,
à mesure sans doute qu'il approche du
but.

Le trajet fut long et pénible; l'anxiété,
le désir d'éclaircir ce mystère, soutin-
rent seuls les forces de Mme de Belval,

qui craignait à tout instant de tomber de lassitude.

On est dans le quartier Saint-Marceau. Par une étroite et sombre allée le chien vient de disparaître, après avoir jeté à sa maîtresse un regard d'une expression étrange.

« Madame, s'écrie Saint-Jean, au nom du ciel ! n'entrez pas dans cette horrible maison. Laissez-moi pénétrer le premier, et je vous rendrai fidèle compte de ce que je vais voir.

— Non, non, Saint-Jean, je veux aller avec vous ; précédez-moi seulement. Mon cœur me dit que mon enfant est là. Allez ! allez ! Saint-Jean. Mon angoisse me tue. »

Au cinquième étage de cette abominable masure, on retrouva Moustache couché en travers d'une porte sale et hideuse. A la vue de Mme de Belval, il se dressa sur les pattes de derrière, comme s'il eût voulu ouvrir la porte. Saint-Jean leva le loquet; la porte céda.

Mais quel spectacle, grand Dieu! frappa d'horreur Mme de Belval à son entrée dans ce bouge infect! Sur un misérable grabat, un enfant pâle, hâve et décharné, semblait sur le point d'expirer. Son pauvre petit visage, flétri par la misère, n'offrait plus aucune ressemblance avec la mine si fraîche, si rose, du joli Monmond : il fallut le cœur de sa mère pour le reconnaître.

S'élancer vers lui, le prendre dans ses bras, le serrer sur son sein, le couvrir de baisers ; tout cela fut fait en bien moins de temps qu'il ne nous en faut pour l'écrire. Dans son ivresse,

Mme de Belval riait et pleurait à la fois.

« Mon enfant, mon doux enfant, disait-elle, je te tiens, je t'ai retrouvé. Que je suis heureuse! Oh! merci, mon Dieu, merci! s'écria la pauvre mère en levant les yeux au ciel avec une pieuse gratitude. Mais, Seigneur, qu'il est malade, le cher petit! il ne fait aucun mouvement. Saint-Jean, courez chercher une voiture, que je l'emmène. Oh! non, ne me laissez pas seule; si les gens qui me l'ont volé revenaient pendant votre absence, ils me l'arracheraient. Je vais l'envelopper dans mon châle, et nous nous en irons tous ensemble. »

Comme ils descendaient, ils rencontrèrent une affreuse petite vieille, qui se rangea d'abord en grognant le long du mur pour les laisser passer. Mais en apercevant Moustache : « Qu'est-ce ? dit-elle d'une voix glapissante ; encore ce maudit chien ! Et vous, qu'êtes-vous venus faire ici ? que portez-vous là ?» poursuivit-elle grossièrement. Et de sa main noire et crochue elle essayait de soulever le châle.

Mme de Belval tressaillit de tout son corps sous son précieux fardeau. « Arrière, arrière, vilaine femme ! dit-elle en se reculant, ne me touchez pas ; je laisse à Dieu le soin de vous punir.

— De quoi? de quoi? voulut dire la vieille.

— Silence, cria Saint-Jean ; n'ayez pas l'audace de parler, ou je vous brise les os : ce serait déjà fait sans le respect que je dois à Madame. Patience, allez, la justice s'en chargera.

— Descendez, mon bon Saint-Jean,

je me sens défaillir; » articula avec peine Mme de Belval.

Un faible gémissement se fit entendre sous le châle.

« Ah! il souffre, Saint-Jean; marchons, marchons, et que Dieu me conserve mon enfant. »

Grâce aux tendres soins de sa mère, le petit Edmond recouvra la santé, et put enfin faire le récit de ce qui lui était arrivé depuis le jour où, pour le punir de sa désobéissance, le bon Dieu l'avait fait tomber au pouvoir du mendiant.

Ce fut assis sur les genoux de sa mère, et les bras passés autour de son cou, qu'Edmond, après avoir répété pour la centième fois : « Petit Monmond a été bien malheureux! petit Monmond a bien souffert! » essaya de retracer dans son naïf langage les épreuves des mauvais jours qu'il avait passés loin de sa mère.

« Petite mère, dit-il, le méchant homme qui me prit dans le bois, et fit tant de mal au pauvre Moustasse parce qu'il me défendait, me dit que si je criais il me tuerait. Sa menace me fit grand'peur; aussi je ne dis rien tout le long du chemin. Quand j'eus faim, je pleurai bien bas pour qu'il ne m'entendît pas. La nuit vint, et il faisait si noir, si noir, que je me mis à trembler bien fort et à vous appeler. Alors je fus battu; on m'ordonna de me taire et de dormir. Je crois que je le fis.

« Je ne sais pas au juste combien de temps nous sommes restés dehors; mais le vilain homme marcha longtemps, longtemps; lorsque mes petites jambes ne pouvaient plus aller, il me maltrai-

tait et me disait : « Tu n'es plus un
« petit monsieur ; maintenant il faut
« t'habituer à la misère. »

« J'eus bien du chagrin en me voyant
dans la laide chambre où vous êtes
venue me chercher, petite mère. Je
vous demandais toujours, et la méchante Raca me répondait : « Tu ne
« verras plus ta mère, c'est moi qui
« suis ta mère à présent.

« —Non, lui disais-je en me mettant
« en colère et en lui montrant le poing ;
« non, vous ne l'êtes pas ; je ne vous
« aimerai jamais.

« — Ah ! tu ne m'aimeras pas ! Et
« pourquoi, petit vaurien ?

« — Parce que vous êtes laide et
« méchante, et que ma mère est belle
« et bonne ! »

« Oh ! dit l'enfant en frissonnant à ce cruel souvenir ; oh ! si vous saviez, petite mère, comme Monmond a été battu ! une tape n'attendait pas l'autre. C'est égal, j'étais fier : c'était pour vous que je souffrais, et non plus pour avoir désobéi. »

Mme de Belval couvrit de baisers son cher enfant, comme si elle eût voulu effacer, par ses tendres caresses, la trace des coups qu'il avait reçus.

« Ah ! c'était fini, Monmond n'avait plus de gâteaux, plus de bonbons, plus de joujoux, ni le gros Moustasse ; il n'avait plus que du pain sec.

« La vieille Raca m'emmenait tous les matins avec elle, et me faisait dire à tous les passants : « La charité, s'il « vous plaît ! » Si je refusais, elle me disait tout bas, en ayant l'air de me

caresser : « Prends garde!... » et j'étais
sûr qu'en arrivant je serais battu.

« Un soir que l'on me croyait en-
dormi, le mari de Raca lui dit : « J'ai
« fait une mauvaise rencontre ; j'ai été
« reconnu par le chien qui était dans le
« bois avec le petit garçon. Cette mau-
« dite bête s'est jetée sur moi, et m'aurait
« mis en morceaux si je ne l'avais pres-
« que assommée avec mon gourdin. Ah !
« malheur à elle si je la retrouve! car
« je la tue sans pitié. »

« Au matin, Moustasse était à notre
porte ; et lorsque Raca sortit, le chien
faillit la renverser pour entrer.

« L'homme et la femme coururent à
lui, l'un avec son bâton, l'autre avec
son balai ; et ils le frappèrent, malgré
mes cris et mes efforts pour les en empêcher. Pauvre Moustasse, va! il était

si joyeux de me voir, qu'il ne cherchait pas à mordre les vilaines gens qui
voulaient le tuer.

« Je les priai tant que je les fis céder.
Ils laissèrent Moustasse tranquille et
l'attachèrent au pied du lit.

« Quand nous partions le matin, il
ne venait pas avec nous; il restait
enfermé.

« Ensuite je suis tombé malade, et
c'était Moustasse qui me gardait. Sitôt
que nous étions seuls, je lui parlais de
vous, petite mère, et il fallait voir
comme il m'écoutait, comme il dressait
les oreilles; il me semblait parfois qu'il
allait me répondre.

« Puis je me rappelle encore que la
tête me faisait grand mal. Je ne voyais
plus rien autour de moi, pas même

Moustasse. Puis je ne me souviens plus......

« Vous m'avez dit, petite mère, que c'était Moustasse qui était venu vous chercher ? Il se sera échappé, ce cher Moustasse; que je l'aime!

— C'est ce que j'ai pensé, mon enfant; mais c'est toujours par la grâce de Dieu, qui a permis que ce fidèle animal eût tant d'instinct, que je t'ai retrouvé. Oh! tout ce qui est bon et beau vient de Dieu, mon Edmond! C'est pourquoi il faut le remercier de tout ton cœur.

— Oui, petite mère, et Monmond ne sera plus désobéissant, je vous l'assure; il aurait trop peur qu'on ne l'emmenât encore loin de vous. »

Puisse cette petite histoire vous avoir intéressés, mes jeunes lecteurs, et vous avoir démontré qu'il y a toujours pour vous danger à désobéir. Que de chagrins vous vous épargneriez si vous faisiez la volonté de vos parents, et non la vôtre ! Ah ! croyez-moi, un bon père, une tendre mère ne savent demander à leur enfant que ce qui est juste et raisonnable. C'est pour votre bien qu'ils exigent, pour votre bien : écoutez-les !!!

FIN DE MOUSTACHE.

MAIN OUVERTE
CŒUR
D'OR

MAIN OUVERTE

CŒUR D'OR

Que si ce titre vous étonne, chers lecteurs, je vous dirai pour le justifier que l'enfant qui aime à donner a toujours bon cœur. S'il a des défauts, soyez sûrs qu'il se corrigera. L'idée qu'il causera de la peine en faisant telle ou telle action répréhensible, l'amènera tout naturellement à ne plus la commettre.

Ah ! que celui d'entre vous qui a reçu du ciel ce don précieux, en remercie le Seigneur, comme l'auteur de tout ce qui est bien ; et s'il trouve quelque analogie entre lui et le petit héros de mon histoire, qu'il loue la Providence de lui ressembler, et qu'il suive son exemple, en réprimant avec courage ses mauvais penchants.

Prosper était un aimable petit garçon, d'un charmant caractère et d'un cœur excellent. Il n'avait rien à lui, son bonheur était de donner et de faire l'aumône. « Oh ! donner, disait-il avec une expression impossible à rendre, que c'est bon ! que j'ai de plaisir quand je donne ! »

Son père, M. de Lussac, possesseur d'une immense fortune, s'était plu à encourager dans son fils cette heureuse disposition, en lui procurant les moyens de la satisfaire.

C'était du reste une qualité si naturelle chez cet enfant, que s'il n'avait pas eu d'argent il eût donné sans hésiter quelqu'un de ses vêtements, et même ses joujoux. S'il se passait une journée sans qu'il eût trouvé l'occasion de se livrer à son généreux penchant, il était triste et disait le soir en se couchant :

« Quel malheur ! je n'ai rien donné aujourd'hui. »

Ayant remarqué qu'un pauvre vieillard infirme se tenait toujours à la même place, à une très-petite distance de l'hôtel de son père, il lia conversation avec lui. La vieillesse a cela de commun avec l'enfance, elle est expansive.

Le bonhomme dit à Prosper tous ses chagrins. Il était à la charge de ses enfants, et ces ingrats, ces cœurs avides, regrettant ce qu'il mangeait, lui donnaient à peine de quoi le nourrir.

Prosper rentra le cœur gros. Bientôt il sourit à une idée que la bonté de son cœur lui a fait trouver facilement. Moi, se dit-il, qui ai de tout en abondance, je puis bien mettre quelque chose de côté à chacun de mes repas pour ce pauvre vieillard qui souffre de la faim.

Et ce qu'il pensa, il le fit. A la première occasion, c'est-à-dire au premier repas, il pria tout bas le domestique qui le servait à table de lui garder soigneusement ce qu'il retranchait des différents mets que son père lui faisait passer. Il mit également en réserve un morceau de pain; et heureux du petit sacrifice qu'il venait de s'imposer, il attendit avec impatience la fin du dîner pour aller porter son offrande à son protégé.

M. de Lussac avait suivi tous les mouvements de son fils. Soupçonnant donc que sa conduite avait pour but quelque acte de bienfaisance, il voulut savoir par lui-même si la personne que Prosper allait soulager était digne de son intérêt.

Prosper, ne se doutant pas que son père l'avait deviné, s'en alla tout joyeux chercher son bon ami. C'était un petit groom qui ne le quittait pas, car Prosper ne mettait jamais le pied dehors sans être accompagné.

« Julien, dit-il, viens vite, que

nous allions porter à manger au pauvre vieillard. »

Julien était un brave enfant du peuple, que M. de Lussac avait retiré de la misère. Fidèle et reconnaissant, il s'était attaché à son petit maître, sur lequel il veillait avec beaucoup de zèle.

« Monsieur grondera peut-être, objecta Julien, si nous nous absentons sans l'en prévenir.

— Oh ! non, Julien, reprit vivement Prosper ; c'est tout près, tu sais bien. Songe donc qu'il a faim, ce pauvre vieillard ! »

Julien ne répliqua pas, et se rendit au désir de son jeune maître.

Avec quel plaisir Prosper aborda le bon vieillard ! « Tenez, dit-il au pauvre homme qui le regardait avec attendrissement, je vous apporte à manger.

N'ayez plus de peine; car le petit Prosper en aurait aussi. Chaque jour je vous en donnerai autant. »

M. de Lussac avait tout entendu, et son cœur paternel était délicieusement ému. Cependant il ne se montra pas; et lorsque Prosper rentra, il l'appela près de lui.

« Es-tu malade, mon enfant, que tu as si peu mangé à dîner? » lui demanda son père.

Prosper rougit.

« Non, papa, répondit-il.

— Serait-ce par caprice que tu aurais refusé ce que je t'ai envoyé? »

Petit Prosper était bien embarrassé; il eût désiré garder son cher secret, et pourtant il ne voulait pas mentir : c'est si affreux de mentir, qu'il préféra dire la vérité. Alors il avoua à son père ce que vous savez déjà, mes petits lecteurs.

« Mais, observa M. de Lussac, pourquoi n'es-tu pas allé tout simplement à la cuisine demander quelques restes pour ce vieillard ?

— Oh ! papa, ce n'eût pas été moi qui aurais donné ; c'eût été vous, répondit Prosper avec un charmant sourire.

— Cher enfant ! reprit M. de Lussac, Dieu me bénit dans toi. Je veux m'associer à ta bonne action, ou plutôt la prendre tout entière pour mon compte. Si le vieillard a dit vrai, s'il est réellement aussi malheureux qu'il te l'a fait entrevoir, eh bien ! je lui assurerai une petite pension qui le mettra à l'abri du besoin, et je priverai ses enfants de sa présence. Les insensés ! ils ne savent donc pas qu'un vieillard dans une famille c'est une bénédiction. Dieu, — retiens bien cela, mon fils, — Dieu commande d'honorer et de respecter la vieillesse.

— Vous lui donnerez beaucoup, n'est-ce pas, bon père ? » avait dit l'heureux petit garçon.

Le pauvre vieillard eut la pension promise par M. de Lussac, et il vit encore pour bénir chaque jour son jeune bienfaiteur.

Faut-il qu'après vous avoir parlé des bonnes qualités de Prosper, j'aie à vous entretenir de ses défauts ? Hélas ! oui, de ses défauts, chers lecteurs ; car il en a, le petit Prosper, et de grands : qui donc est parfait ici-bas ? personne, et encore moins vous, chers enfants, qui venez au monde avec plus d'une mauvaise inclination.

Puisque je vous ai dit que Prosper avait des défauts, je dois vous les nommer. Il était paresseux et n'avait aucun ordre ; ses vêtements témoignaient de son peu de goût pour la propreté.

Prosper avait perdu sa mère en naissant. M. de Lussac, ne voulant pas se remarier, avait placé près de son fils une dame d'un certain âge, de grand mérite et de haute vertu. Cette dame chérissait Prosper comme s'il eût été son fils ; elle l'entourait de soins et veillait avec une constante sollicitude sur sa santé, sur ses besoins et même sur ses plaisirs. Mais ce qui la désolait, c'était de voir Prosper si peu soigneux de ce qui lui appartenait, laissant partout quelque preuve de sa négligence et de son manque d'ordre. C'était un jouet, un livre, des images, des papiers, qui traînaient de côté et d'autre; puis les vêtements tachés ou déchirés, les gants perdus; que sais-je enfin? toujours quelque chose de gâté ou d'égaré.

Et pourtant Prosper écoutait avec déférence les douces gronderies et les conseils de sa chère gouvernante. Il promettait de faire attention, d'être propre et rangé. Pendant tout un jour il cherchait de bonne foi à se vaincre. Ce jour passé, il retombait dans ses mauvaises habitudes.

M. de Lussac avait espéré qu'en prenant de l'âge (Prosper allait avoir six ans), ces mauvaises inclinations s'effaceraient peu à peu d'elles-mêmes et sans de violents efforts. Voyant qu'il s'était trompé, il projeta d'appliquer comme remède énergique la sensibilité de Prosper à la guérison de ses défauts.

Un jour que Prosper avait, comme de coutume, négligé de ranger ses joujoux et de rassembler ce qui lui avait servi à s'amuser; qu'il avait couvert une table de livres, d'images et de toutes sortes de petits objets récréatifs; et que l'heure de la promenade arrivée, il avait abandonné tout cela dans un affreux désordre, il s'en alla, laissant ouverte par inadvertance la porte de la chambre qui lui avait été affectée pour y serrer tout ce qui était à son usage.

Or, un jeune chat, d'humeur folâtre comme ses pareils, profitant de l'étourderie de Prosper, se glissa en tapinois dans la chambre, et montant sur la table, il s'escrima si bien de ses pattes et de ses griffes en sautant, se reculant et jouant, qu'il eut bientôt mis hors de combat pantins, polichinelles, arlequins et autres redoutables adversaires. Il se trouva alors seul maître du champ de bataille.

Après de si rudes fatigues, il n'avait plus qu'à se reposer glorieusement sur ses lauriers; c'est ce qu'il fit donc. Il s'assit sur le théâtre de ses vaillants exploits, et gravement se mit à se passer sa patte sur les moustaches et les oreilles, puis à promener sa langue sur sa belle fourrure.

Jugez, chers lecteurs, de la désolation de Prosper, lorsqu'il vit le parquet semé de débris informes : ici un bras, là une tête, plus loin une jambe; toutes ses belles gravures éparses, ses livres souillés et tachés d'encre. Oh !

c'était une confusion, un pêle-mêle, un véritable chaos, d'où il fallait désespérer de retirer intact un seul objet.

Dans son chagrin d'un tel désastre, Prosper alla porter plainte à son père; non pour obtenir de lui justice du coupable, mais pour qu'il voulût bien réparer les pertes sensibles qu'il venait de faire.

« Très-volontiers, lui répondit M. de Lussac. Seulement je te préviens que je ferai la retenue de cette dépense sur l'argent que je te donne chaque mois pour tes menus plaisirs. Crois - moi, mon fils, il m'en coûte de t'en priver, parce que je sais de quelle manière tu l'emploies. Sois sûr que, si je prends ce parti extrême, il faut que j'y sois forcé pour ton bien. Je souffre de voir mon enfant chéri manquer de soin et d'ordre, et, j'ai honte pour toi de le dire, souvent plus malpropre que les pauvres petits malheureux qui n'ont pas de quoi changer.

« Les plus belles fortunes ne résistent pas au désordre. Je veux te corriger de ces défauts, qui font mon désespoir; tu m'en sauras gré plus tard. Ainsi toutes les fois que tu auras gâté ou perdu, par ta négligence, quelqu'un de tes vêtements, de tes jouets, ou tout autre objet, j'en retiendrai le prix, et ce sera autant de moins que tu auras pour tes charités. »

De grosses larmes coulaient le long des joues de Prosper pendant la remontrance paternelle.

« Oh! papa, s'écria-t-il quand M. de Lussac eut fini de parler, j'ai beaucoup, beaucoup de peine; mais je mérite d'être puni. Je vous prie de me pardonner le chagrin que je vous ai donné; je m'efforcerai de ne plus vous en faire. »

Hélas! petit Prosper avait bien bonne volonté de se corriger; matin et soir il demandait à Dieu de lui en faire la grâce; et cependant au bout du premier mois il reçut si peu d'argent qu'il eut bientôt épuisé cette modeste somme.

Le bon petit cœur de Prosper eut cruellement à souffrir pendant ces jours d'épreuve. Quand un pauvre venait à lui en lui tendant la main, il cherchait vivement dans sa poche, et, n'y trouvant rien, il rougissait et répondait d'un ton bien compatissant : « Je ne puis vous donner; » ajoutant aussitôt : « Une autre fois, je serai plus heureux. »

Il n'avait plus de joie, le cher enfant; il perdait sa gaieté, il ne voulait plus aller se promener; il fallait presque l'y contraindre.

Julien ne savait qu'inventer pour *distraire* son jeune maître et ramener sur ses lèvres le sourire qui lui seyait si bien. Il n'y parvenait pas toujours; mais, quand il y réussissait, il était content, le brave garçon.

Une après-midi qu'il faisait un temps magnifique, voyant Prosper tout triste, il fit tant par ses sollicitations qu'il le décida à aller faire une partie de cerceau sous les allées des Tuileries.

Prosper n'était plus qu'à quelques pas d'une des grilles de ce beau jardin, lorsqu'il est abordé par une pauvre femme tenant un petit enfant entre ses bras. Cette femme paraissait exténuée, et en effet elle était si faible qu'elle pouvait à peine se soutenir.

« Mon petit monsieur, lui dit-elle, donnez-moi quelque chose, ou je vais mourir; il y a deux jours que je n'ai mangé. »

Prosper de fouiller à sa poche. Hélas! n'y trouvant rien, il sentit des pleurs lui venir aux yeux, et se tournant vers Julien : « As-tu quelque monnaie sur toi? lui demanda-t-il.

— Mon Dieu! non, » répondit le groom en soupirant.

Par un geste rapide, saisissant le cerceau que portait Julien : « Tenez, ma pauvre femme, s'écria Prosper, voici mon cerceau; il est tout neuf, prenez-le; je n'ai que cela à vous donner.

— Que voulez-vous que j'en fasse,

mon cher petit monsieur? j'aime mieux un sou pour avoir du pain.

— Mais je n'en ai pas. Comment donc faire? Ah! Julien, si tu vendais mon cerceau, ça nous ferait de l'argent, et nous pourrions en donner à cette pauvre femme.

— Oh! je n'ose pas, monsieur Prosper; que dirait votre papa?

— Vendez-le-moi, mon petit ami, dit tout à coup un monsieur âgé qui, depuis quelques instants, écoutait cette intéressante conversation. »

Prosper se retourne, et voit un monsieur d'une belle figure qui lui souriait avec bienveillance. Son air était si affable que le petit garçon, encouragé, lui répond : « Je le veux bien, Monsieur.

— C'est une affaire conclue alors,

reprend le monsieur. Combien voulez-vous le vendre ?

— Oh ! ce qu'il vous plaira de l'estimer, Monsieur, je l'accepterai.

— En voici le prix, mon petit ami. » Et ce disant, le monsieur mettait dans la main de Prosper une pièce de cinq francs.

Les yeux de Prosper brillèrent d'une douce satisfaction; il remit au monsieur son cerceau, et, le saluant poliment, il glissa la pièce de cinq francs dans la main de la pauvre femme. Puis il allait s'éloigner....

« Ne me direz-vous pas votre nom, mon petit ami ? lui demanda le monsieur.

— Prosper de Lussac.

— Eh bien ! Prosper, laissez-moi

vous embrasser; vous êtes un aimable enfant. »

Prosper se laissa embrasser, et s'en alla, le cœur content, faire une promenade qu'il trouva charmante; il n'eut pas même un regret pour son joli cerceau.

En rentrant à l'hôtel, il fallait nécessairement expliquer ce qu'était devenu le cerceau. Dieu merci, Prosper n'était pas menteur; il avait même horreur du mensonge. Tout petit, il se laissait gronder plutôt que d'employer un détour pour s'excuser.

C'est pourquoi il alla trouver son père, et lui dit franchement ce qui lui était arrivé. Puis il ajouta : « Papa, ce n'est pas pour que vous m'achetiez un autre cerceau sans en rabattre le prix, comme c'est convenu, que je viens vous dire ce que j'ai fait du mien ; c'est seulement pour vous prévenir.....

— Écoute-moi, mon enfant, interrompit M. de Lussac : si je te punis lorsque tu fais une faute, il est juste que je te tienne compte de ce que tu feras de bien. Je vais donc t'offrir un moyen de regagner d'un côté ce que tu pourrais encore perdre de l'autre. Je vais me faire mieux comprendre.

« Tu es paresseux ; c'est un funeste penchant qu'il te faut combattre. Eh bien ! à chaque effort que tu feras pour le vaincre, à chaque éloge que tu mériteras pour ton soin à remplir tes devoirs avec exactitude, je t'accorderai une récompense ; tu seras libre de la choisir selon tes goûts. Voilà ce que j'ai voulu te proposer. Sois laborieux, actif ; aime le travail comme tu aimes à donner; sois propre, soigneux et rangé; et je te promets que tá bourse sera toujours pleine. Cet arrangement te convient-il ?

— Oh! oui, papa; merci de votre bonté. Comme cela, si je perds quelque chose par ma négligence, je tâcherai de si bien vous contenter par mon application à mes devoirs, que je réparerai ma perte. Oh! comme je vais faire attention, afin de ne plus être sans argent comme aujourd'hui !

— Il ne tient qu'à toi, je t'assure, mon fils. »

En cet instant, l'entretien du père et du fils fut interrompu par l'entrée d'un domestique, qui venait annoncer une visite. M. de Lussac se rendit au salon avec Prosper.

Quel fut l'étonnement de celui-ci en

reconnaissant dans l'étranger qui sa—
luait son père l'acheteur de son cerceau !
Il tenait par la main un petit garçon
qui paraissait avoir de cinq à six ans.

« Monsieur, dit l'inconnu en s'adressant à M. de Lussac, ce matin j'ai eu
le plaisir de faire connaissance avec
votre fils. Je prends ce soir la liberté de
vous présenter mon petit-fils, et viens
vous prier de vouloir bien permettre
qu'il se lie d'amitié avec votre aimable
Prosper. Je suis M. de Civry, et voici
mon petit-fils Alfred.

— Monsieur, répondit M. de Lussac,
je vous remercie de l'honneur que vous
me faites ainsi qu'à mon fils. Je sup-
pose que c'est vous, Monsieur, qui ce
matin l'avez tiré d'embarras ; et si
vous voulez bien me permettre, je vous
restituerai...

— Non pas, s'il vous plaît, Monsieur. Je vous demande en grâce de me laisser le cerceau; c'est un témoin parlant de la bonne action de votre fils. Je désire qu'il soit un enseignement pour le mien, qui malheureusement n'est pas généreux et sensible comme le vôtre.

— Les enfants sont diversement doués, Monsieur; et tel qui a bon cœur peut avoir des défauts assez graves pour inquiéter la tendresse d'un père.

— Ce n'est pas pour votre Prosper que vous parlez ainsi, j'espère, reprit avec une exquise politesse M. de Civry.

— Pardonnez-moi, Monsieur, c'est de lui. Je ne veux pas flatter mon fils; si j'aime à reconnaître ses bonnes qualités, je ne m'aveugle pas sur ses défauts. Mais je veux croire que la peine qu'il a ressentie ce matin de ne pouvoir assister une pauvre femme lui servira de leçon, et qu'à l'avenir il pourra satisfaire le noble penchant de son cœur; car il est heureux quand il donne.

— Je l'ai compris, et c'est pour cela que je lui suis venu en aide, répliqua M. de Civry. Entre pères, et surtout entre pères qui chérissent leurs enfants, on peut, il me semble, se faire de petites confidences. Serait-il par trop indiscret de vous demander pourquoi ce charmant enfant, auquel mon affection est toute acquise, se trouvait sans argent ce matin?

— Prosper, mon enfant, te sens-tu le courage de faire toi-même ta confession et de répondre à Monsieur?

— Si vous le voulez, papa, je le ferai, » répondit Prosper.

Alors Prosper fit à M. de Civry avec tant de candeur et de simplicité l'aveu des mauvaises habitudes qui lui avaient attiré la punition dont il connaissait les résultats, que ce dernier ne put s'empêcher de s'écrier : « Ou je me tromperais fort, ou cet enfant, qui a si bon cœur, sera bientôt corrigé de ses défauts. Comment pourrait-il se priver de lui-même d'exercer l'une des plus belles vertus chrétiennes, la bienfaisance! »

Et en effet Prosper ne tarda pas à réaliser la prédiction de M. de Civry. De ce jour, il n'eut plus qu'une pensée et qu'un seul désir : diminuer le nombre des retenues par le soin qu'il prenait d'être propre et rangé, et augmenter les profits par son zèle à apprendre ses leçons et à faire ses devoirs.

Peu à peu les fâcheux penchants qui

lui avaient causé plus d'un chagrin, et qui avaient alarmé son père, disparurent. Prosper devint laborieux, actif, enfin un vrai modèle d'ordre et de propreté.

Dieu avait béni les efforts du petit Prosper. Savez-vous pourquoi, cher lecteur? C'est parce qu'il ne les fit que dans l'intention d'être agréable à son père, de lui épargner de la peine et d'être toujours en état de faire la charité.

Avais-je tort de dire : *Main ouverte, cœur d'or ?*

FIN DE MAIN OUVERTE, COEUR D'OR.

3*

LE PETIT

TURBULENT

Paul, à cinq ans, était un beau petit garçon, un peu frêle, un peu chétif, fort aimé de son papa, très-gâté de sa maman; en somme un heureux enfant auquel toutes les douceurs de la vie étaient prodiguées.

Comme il était venu au monde faible

et débile, ses parents, craignant de ne pas le conserver, avaient eu recours à tous les moyens imaginables pour le rendre fort et vigoureux.

Au milieu de leurs appréhensions continuelles sur une santé si chère, ils avaient laissé l'enfant faire à peu près toutes ses volontés.

Cependant les apparences étaient trompeuses ; Paul était plus fort qu'on ne le supposait. Il s'éleva et grandit tout en conservant ses formes grêles et son extérieur peu robuste.

A de nombreux caprices, qu'il n'était pas aisé de satisfaire, Paul joignait une turbulence insupportable ; c'était le mouvement perpétuel : on eût dit qu'il était chargé de le résoudre.

Toujours debout, s'agitant, se re-muant, courant, sautant, il ne savait ce que c'était que d'être assis ou tranquille.

Et si parfois sa mère lui disait :
« Mon petit Paul, repose-toi donc, tu vas te fatiguer !

— Non, mère, je ne veux pas, répondait l'enfant ; il faut que Paul se démène et se remue pour devenir fort. »

Paul, qui avait entendu son père prononcer devant lui ces paroles imprudentes, les répétait comme un petit perroquet, et s'en faisait une arme contre toutes les observations.

Tant que Paul fut en bas âge et qu'il eut une bonne sans cesse près de lui pour le garder, on put croire qu'il n'était que vif ; mais sitôt qu'il put se soustraire à cette surveillance de tous les instants, on s'aperçut alors qu'on

avait eu tort d'encourager le besoin de
mouvement, qui était bien assez impé-
rieux de lui-même pour qu'on essayât
de le contenir dans de justes bornes.

De cette tardive réflexion Paul
n'avait guère souci. Il n'écoutait pas les
douces remontrances de sa mère, qui
d'ailleurs évitait de le contrarier; aussi
n'en faisait-il qu'à sa tête, qui, par
cette raison, avait souvent à se plain-
dre, soit d'une bosse, soit d'une con-
tusion.

C'est que dans sa pétulance Paul se
heurtait à tout ce qu'il rencontrait. Ne
pouvant tenir en place, voulant tou-
cher à tout, ayant envie de tout ce
qu'il voyait, et s'obstinant dans ses
désirs, il fallait nécessairement, ou
que quelque chute rendît Paul victime
de son entêtement, ou que les objets

qu'il convoitait et qu'il voulait à toute force atteindre, lui échappant dans sa précipitation à les saisir, fussent mis en pièces.

Il ne se passait donc pas un seul jour sans qu'il brisât quelque chose ou qu'il se donnât quelque coup.

S'il était dans le salon, il voulait absolument jouer à la balle ou au volant; et dans ses brusques mouvements, il attrapait un meuble, un vase, un tableau; heureux encore lorsque les glaces étaient épargnées.

A table il ne savait quelle contenance tenir; il s'agitait sur sa chaise, donnait des coups de pied à droite et à gauche, et unissant la maladresse à l'étourderie, il renversait son verre ou son assiette.

Au jardin, il sautait dans les plates-bandes, écrasant sans pitié les plus jolies fleurs et les plantes les plus rares.

A la promenade, au lieu de marcher posément, gentiment comme un enfant bien élevé doit le faire, il se mettait à courir et à sauter comme un petit fou. S'il était invité par quelques jeunes enfants de son âge à partager leurs jeux, il arrivait que, contrariant les uns ou faisant du mal aux autres, il était bientôt laissé de côté.

S'il aimait le mouvement, il n'aimait pas moins le bruit. La maison retentissait du haut en bas de son tapage. S'il ne criait pas par suite de quelque accident, il riait aux éclats ou chantait de toute la force de ses poumons. En un mot, il faisait, tant que durait le jour, un vacarme assourdissant.

Malgré son indulgence et sa faiblesse la mère du petit Paul tentait quelquefois de faire comprendre à son enfant chéri qu'il fallait qu'il fût moins bruyant dans ses plaisirs, et plus retenu dans ses mouvements.

Et le petit tapageur de se hâter de répliquer d'une voix câline : « Paul n'est pas méchant, mère ; laisse - le s'amuser. »

Avec tout cela Paul n'était plus supportable.

Non—seulement les domestiques ne pouvaient le souffrir ; mais il ne trouvait pas de petits camarades pour jouer avec lui.

Cependant parmi les amies et les connaissances de sa mère, il y avait des enfants de l'âge du petit Paul.

Pourquoi donc était-il toujours seul?

C'est que Paul, en véritable enfant gâté, exigeait que chacun fût soumis à ses volontés et cédât à ses caprices; il n'en avait pas même excepté ses petits amis; de sorte que ceux-ci, tout aussi désireux peut-être de faire leurs volontés, avaient refusé de se plier à la sienne, et avaient voulu être maîtres comme lui.

Il en était résulté des querelles, des cris, des pleurs, des joujoux cassés ou disputés avec une égale ardeur. Puis on en était venu aux coups; et Paul, qui n'était pas toujours sorti vainqueur de ces luttes, en avait ressenti un jour un tel dépit qu'il s'était vengé traîtreusement.

Paul n'était pourtant pas méchant. Quand il avait fait du mal à un de ses camarades, il en était fâché; et si on le lui reprochait, il disait : « Petit Paul ne l'a pas fait exprès. »

Cette excuse était mauvaise. Paul savait bien, car sa mère le lui avait répété plus d'une fois, que pour être aimé et avoir des amis, il faut qu'un enfant soit doux, complaisant, et sache sacrifier ses goûts aux plaisirs des autres.

Vraiment une telle condescendance était bien loin de l'idée de Paul. Il disait en grossissant sa voix comme s'il eût voulu faire peur : « Paul est grand ! Paul est fort ! Paul veut être le maître et agir à sa fantaisie ! »

Passe encore chez lui, si ses parents étaient assez faibles pour le supporter; mais chez les autres c'était différent, ou plutôt inexécutable.

Or Paul n'était ni plus sage, ni plus réservé, ni plus tranquille dans les maisons où sa mère le conduisait. S'il y avait des enfants, il voulait les forcer à jouer à des jeux bruyants. S'ils n'y consentaient pas, comme Paul détestait le repos, il tirait sa mère, l'interrompait à chaque instant pour lui dire : «Paul s'ennuie, Paul veut s'en aller. » Et sa mère, obsédée de ses instances, et honteuse d'avoir un enfant si peu aimable, finissait par lever le siége et se retirer.

Ce n'était là qu'un léger désagrément en comparaison de ceux que la turbulence de Paul lui tenait en réserve.

Un jour que Paul avait accompagné sa mère dans une visite chez une de ses amies intimes, il eut le bonheur d'y trouver une petite fille d'une douceur et d'une gentillesse à faire envie à toutes les mères. La gracieuse enfant se garda bien de repousser les avances de Paul. Elle y répondit en se prêtant complaisamment à tous ses désirs. Bientôt Paul, ne se sentant pas assez libre ni assez à l'aise dans le beau salon, demanda à aller dans le jardin.

La permission fut accordée.

Paul, joyeux, entraîne aussitôt sa petite compagne, et la fait courir jusqu'à l'escalier. Là notre turbulent, qui voudrait déjà être en bas, presse la petite fille de descendre aussi vite que lui. Elle résiste; Paul la tire violemment à lui; l'enfant tombe, et dans sa chute se casse le bras.

A ses cris on accourt. Paul fut sévèrement grondé; hélas ! la leçon ne lui profita pas.

Une autre fois, encore dans une visite, Paul, auquel sa mère avait déjà dit plusieurs fois de se tenir tranquille, au lieu de lui obéir se mit à poursuivre un superbe angora qui, pour se soustraire à ses malices, s'é-tait réfugié sous un divan. Paul de l'y relancer. Le chat, se voyant sur le point d'être pris, s'échappe, saute sur un fauteuil, et d'un bond s'élance sur une console. Paul, s'imaginant qu'il va le saisir, se précipite..... O cruel mécompte ! il ne parvient qu'à renverser un magnifique vase du Japon, qui se brise en morceaux sur le par-quet.

Effrayé du malheur qu'il vient de faire, Paul veut se sauver; mais il est si troublé, qu'il ne voit pas devant lui une élégante jardinière remplie de fleurs; il la heurte, trébuche, et l'entraîne avec lui.

La mère de Paul, désolée de tous les dégâts qu'il vient de commettre, se confond en excuses et s'empresse de l'emmener.

Certes Paul méritait une bonne correction. Cependant il y échappa, parce qu'il promit à sa mère d'être plus raisonnable.

Cette promesse ne fut pas tenue. Au contraire, plus Paul avançait en âge, plus se fortifiaient les habitudes qui faisaient de lui un petit être vraiment haïssable.

Aussi Paul ne tarda-t-il pas à devenir la terreur des jeunes enfants qu'il fréquentait; peut-être même les parents de ceux-ci accueillaient-ils plus froidement la mère du petit turbulent à cause de lui, tant sa présence était peu agréable et même redoutée.

Bien qu'une mère s'aveugle quelquefois sur les défauts de son enfant ou, ce qui est plus vrai, qu'elle les supporte patiemment, elle a presque toujours le soin de ne pas mettre les étrangers dans le cas de lui faire entendre de ces vérités qui blessent cruellement son cœur.

La mère de Paul, comprenant enfin que son fils n'était désiré nulle part, dut se résigner, quand elle eut à remplir quelqu'un de ces devoirs auquel le monde nous oblige, de confier le petit Paul à la garde d'une fidèle domestique.

Lorsque Paul vit sa mère se disposer à sortir sans lui, il cria, s'emporta, pleura, puis eut recours aux prières.

Tout fut inutile, sa mère resta inflexible; elle commençait à s'apercevoir qu'elle l'avait trop gâté.

« Sitôt que petit Paul, lui dit-elle, sera devenu raisonnable, qu'il sera posé, tranquille et obéissant, sa maman aura beaucoup de plaisir à l'emmener avec elle; jusque-là elle le laissera à la maison. »

Pour soulager sa colère, Paul ne trouva rien de mieux à faire que de redoubler son tapage : il s'en prit à ses joujoux du refus de sa mère; il fit endêver sa pauvre bonne; bref il se démena, s'agita et s'échauffa à tel point que quelques jours après il était au lit avec une fluxion de poitrine.

Le bon Dieu s'était chargé de punir Paul; il était irrité contre lui, et si la mère de ce méchant petit garçon n'eût

pas prié le bon Dieu de tout son cœur
pour lui, peut-être serait-il mort.

Mais Dieu eut pitié de la tendre mère,
et lui laissa son fils.

Petit Paul est-il corrigé ? sera-t-il
moins turbulent et moins volontaire ?
Hélas ! non ; aussi sa mère s'est-elle
donné tant de peine pour lui pendant
sa maladie, que, Paul hors de danger,
ce fut à son tour de prendre le lit.

Paul aimait pourtant beaucoup sa
mère ; eh bien ! voyez, mes petits lecteurs, combien un enfant gâté est
égoïste. Comme Paul ne sortait pas
encore, dans la crainte qu'il ne prît
froid, il jouait dans une chambre qui
n'était séparée de celle de sa mère que
par un corridor. La distance était trop
faible pour que le bruit fait par Paul
ne fatiguât pas la malade. La bonne

qui gardait Paul lui en fit l'observa-
tion, et voulait le faire taire.

« Laisse-moi, bonne, s'écrie Paul;
ça me plaît de faire du bruit. »

A peine Paul avait-il achevé cette
vilaine réponse, que son père, qui l'a-
vait entendue, entra tout à coup.

« Vous êtes un méchant enfant, lui
dit-il; puisque vous n'aimez pas votre
mère, vous ne la verrez plus. Quant à
moi, je ne veux pas pour fils d'un petit
garçon qui a mauvais cœur et qui ne
pense qu'à lui. Ah ! ça vous plaît de
faire du bruit ! eh bien, vous irez en
faire ailleurs qu'ici, je vous le promets. »

Paul n'avait jamais été grondé aussi
sévèrement; cela lui sembla donc bien
dur. Il pleura, et demanda pardon,
croyant que son père oublierait la ter-
rible menace qu'il venait de lui faire.

Paul s'était trompé ; le temps de l'indulgence était passé.

A quelques jours de là, une voiture emportait le petit turbulent loin de sa mère, qu'il n'avait pas revue.

Son père était avec lui, mais grave et sérieux. Pour la première fois peut-être, Paul tremblait sous le regard paternel.

La voiture roula bien longtemps, et changea plus d'une fois de chevaux ; puis enfin elle s'arrêta devant une belle grille. Une longue allée de tilleuls conduisit Paul et son père au seuil d'une maison de construction élégante.

Un monsieur, grave et sérieux comme le père de Paul, vint à leur rencontre.

« Paul, vous allez rester avec monsieur, » lui dit son père.

A ces mots Paul fondit en larmes ; et

s'accrochant de toutes ses forces à la jambe de son père, il s'écria : « Papa, papa, je serai sage, je ne ferai plus de bruit, je serai bien obéissant. Emmenez-moi, je vous en prie ; je veux voir maman.

— Non, je ne vous emmènerai pas, et vous devez désapprendre à dire ce mot : *Je veux*. Vous ne reverrez votre mère que lorsque je serai sûr que vous ne lui ferez plus de chagrin. Monsieur aura la bonté de me tenir au courant de votre conduite, et plutôt vous serez changé, plutôt vous reviendrez parmi nous. »

Paul n'osa insister, et suivit en silence le monsieur auquel son père venait de le confier.

Pendant quelques jours il se fit maussade et sournois. Il ne disait mot, ne répondait aux questions qu'on lui adressait que par oui et non, et regardait de travers deux aimables enfants qui, de la meilleure grâce du monde, mettaient à sa disposition tout ce qu'ils possédaient.

M. de Lucéval (tel était le nom du monsieur chez lequel Paul se trouvait) n'eut pas l'air d'abord de s'en apercevoir; mais voyant que Paul s'affermissait dans ses idées de résistance et de mauvaise humeur, il le prit sur ses genoux et lui dit : « Paul, voulez-vous que nous soyons bons amis ? »

Et comme l'enfant le regardait en dessous sans lui répondre, il continua :

« Si vous le voulez, faites-le-moi voir tout de suite en quittant votre air maussade. Puis faites bon accueil à ces deux petits garçons, qui meurent d'envie de jouer avec vous. Ce sont deux gentils camarades, croyez-moi ; ils vous prouveront qu'on peut s'amuser sans faire du tapage, qu'il y a du plaisir dans l'obéissance, et que les enfants qui sont polis, soumis et dociles, sont aimés de Dieu et de leurs parents.

« Si vous n'y tenez pas, comme vous êtes pour mes enfants un sujet de chagrin, et que vous leur donnez un mauvais exemple, je vais vous renfermer dans une chambre ; vous y bouderez tout à votre aise. »

Paul semblait être devenu muet. Était-ce la crainte, était-ce l'entêtement qui lui liait la langue ? C'est ce que M. de Luceval voulut savoir.

« Vous ne voulez donc pas revoir votre maman ? Vous ne l'aimez donc pas ? poursuivit-il.

—Oh! si, je l'aime, monsieur, s'écria Paul; oh! si, je voudrais bien la voir.

—Alors, mon petit Paul, conformez-vous à ce qu'on demande de vous, reprit d'un ton affectueux M. de Luceval; défaites-vous de vos vilaines habitudes, et vous ne serez pas longtemps sans la voir. »

Paul se laissa enfin persuader, et consentit à faire connaissance avec les fils de M. de Luceval.

Il n'y a que les premiers pas qui coûtent. D'ailleurs ses nouveaux camarades y mirent tant d'obligeance que Paul fut bientôt entraîné de cœur vers ces deux aimables enfants.

Jules et Alfred, ainsi s'appelaient les deux fils de M. de Luceval, étaient deux charmants petits garçons, aussi doux, aussi sensibles que Paul l'était peu. Jules avait l'âge de Paul, et Alfred un an de plus.

Bien qu'ils fussent vifs et qu'ils aimassent beaucoup à jouer, ils modéraient leurs mouvements, de peur de faire du bruit à leur père ou de le gêner. Au moindre signe de lui ils quittaient leurs jeux, et venaient prendre leur livre pour étudier leurs leçons. S'ils allaient avec leur père, soit en visite, soit à la promenade, c'était plaisir de voir comme ils savaient déjà se conduire avec politesse et bienséance, ne parlant que lorsqu'ils étaient interrogés, et n'interrompant jamais la conversation. Aussi étaient-ils chéris de leur père, fêtés et caressés de toutes les personnes chez lesquelles il les conduisait.

Je ne vous parlerai pas, cher lecteur,

de bien d'autres qualités qui faisaient la joie du père de Jules et d'Alfred, parce que c'est du petit Paul qu'il s'agit ici, et non de ces jolis enfants.

Cependant ce sont eux, ce sont leurs gentilles manières, leurs bons exemples et leur sensibilité qui vont aider au changement de Paul. Paul ne pourra pas faire autrement que d'agir comme eux, tant il y a dans ces gracieux enfants d'attrait et de douce séduction.

S'ils sont bons et aimés, c'est à Dieu et à leur père qu'ils en sont redevables. Ils le savent, et dans leur reconnaissance ils prient de tout leur cœur le père des petits enfants, le Seigneur de les protéger et de les bénir; et pour témoigner à leur père combien ils ont d'amour et de respect pour lui, ils lui obéissent en tout ce qu'il leur ordonne.

Jules et Alfred, tenant Paul chacun par une main, l'avaient conduit sous une charmille où d'ordinaire ils prenaient leurs récréations. Voici à peu près ce qu'ils avaient dit chemin faisant. C'était le petit Jules qui, le premier, avait pris la parole pour dire à Paul :

« Voulez-vous que nous vous embrassions ? Oh ! nous vous aimerons bien, allez ! Tout ce que nous avons sera à votre service. Avec mon frère jamais nous ne nous querellons ; ce qu'il veut, je le veux bien ; ce qu'il sait me faire plaisir, il le fait. Nous serons de même pour vous ; nous croirons avoir un frère de plus ; voulez-vous être notre frère ?

— Je le veux bien, avait répondu Paul. » Alfred avait dit à son tour : Que « vous êtes heureux, Paul, d'avoir votre mère! nous, nous n'avons plus la nôtre.

— Chut! fit aussitôt le petit Jules; tu sais bien, frère, que lorsque nous parlons de notre pauvre maman, papa est tout triste, et que des pleurs lui viennent aux yeux.

— C'est vrai, répliqua le sensible Alfred; mais nous sommes loin de lui, et il ne peut nous entendre. Ah! si j'avais été à votre place, Paul, jamais je n'aurais été méchant: on est si malheureux de ne plus avoir de mère.

— Mais j'ai la mienne; elle n'est pas morte, soupira Paul.

— Et, reprit Alfred, c'est cependant comme si vous n'en aviez pas, puisque vous en êtes séparé.

— Oh! tais-toi, frère, dit Jules; tu vois bien que tu fais de la peine à Paul; il va pleurer.

— J'en suis fâché, répliqua vivement Alfred. Oubliez ce que je vous ai dit, Paul; nous demanderons tous les jours, Jules et moi, au bon Dieu, dans notre prière, que vous revoyiez bientôt votre maman. Papa nous a dit que le bon Dieu exauçait toujours les prières des petits enfants.

— Tu as raison, frère, s'écria le petit Jules. Oh! comme je prierai de bon cœur! Et puis Paul sera bien obéissant à notre papa; il sera bien sage, ne dira plus : *Je veux ;* son papa le lui a défendu. Et alors il ira voir sa maman. N'est-ce pas, Paul, que vous ferez tout cela?

—Oui, dit Paul à travers un sanglot; car je ne veux plus faire de chagrin à maman. »

A partir de ce jour, Paul changea visiblement de manière d'être. Il s'appliqua à copier fidèlement ses deux intéressants modèles, et quand par hasard il se laissait aller à être encore turbulent ou volontaire, Jules et Alfred s'approchaient de lui et lui disaient avec des regards bien tendres : « Pensez à votre mère! »

Ces mots magiques rendaient Paul soumis et tranquille.

L'épreuve dura toute une année, et pendant ce temps Paul apprit à prier le bon Dieu comme un petit ange, à bien lire et un peu à écrire. Il accompagnait partout ses petits amis, pour lesquels il avait une tendre affection. Il s'observait si bien qu'on ne pouvait plus l'appeler le petit turbulent. Il ne disait plus : *Je veux;* ce vilain mot ne sortait plus de sa bouche; il était poli, docile et complaisant : la transformation était com-

plète. Aussi Paul reçut bientôt la récompense de ses efforts.

Un matin il fut agréablement surpris
en voyant descendre de voiture son
père et sa mère.

Que de baisers, que de caresses lui
furent données par ses heureux parents! Paul pleurait en les recevant;
mais c'était de joie et de bonheur.

Enfin il s'était tellement attaché à
ses petits amis que lorsqu'il fallut se
séparer d'eux, il ne pouvait s'y décider,
et il disait à sa maman : « Puisque Paul
est bien sage maintenant, je vous en
prie, maman, emmenez avec nous Jules
et Alfred.

— Cher enfant, lui répondit sa mère,
ils ne peuvent quitter leur papa ; ils en
auraient trop de chagrin.

— Console-toi, mon fils, lui dit son

père; notre bon ami Luceval ne tardera pas à venir nous voir avec ses deux fils, et j'espère que tu ne perdras jamais le souvenir des jours que tu as passés auprès d'eux. »

Que si l'histoire du petit Paul a fait quelque impression sur vous, jeunes lecteurs, je vous demanderai de me le prouver en n'attendant pas, pour vous corriger de vos défauts, que vous soyez séparés de vos mères; et si j'ai contribué à vous inspirer cette pensée, j'en aurai une bien douce satisfaction.

FIN DU PETIT TURBULENT.

LE

VERRE

LE

VERRE

« Papa, » dit l'autre soir le petit
Louis, qui était assis sur un tabouret
devant le feu, « qu'est-ce qu'il y a
donc là, dans la cheminée, au milieu
des cendres, qui brille si fort ?

— Où donc ? demanda le papa.

— Tiens, là près du chenet, dit
Louis en étendant la main. »

Le papa prit les pincettes, et saisit l'objet qui avait attiré l'attention de Louis. « Mon enfant, » dit-il en le posant sur la plaque de marbre qui était entre le parquet de la chambre et le foyer, « c'est un morceau de verre à moitié fondu.

— Le verre fond donc au feu ? » demanda Ernestine, la sœur de Louis, qui s'amusait à enfiler des perles pour faire des bagues.

« Sans doute, répondit le papa, puisque c'est au moyen du feu que l'on donne au verre toutes sortes de formes.

— Tiens ! dit Louis, moi qui croyais que la chaleur faisait casser le verre. L'autre jour la bonne a versé de l'eau trop chaude dans un verre, et le verre s'est fendu en faisant *tac*. Et avant-hier le verre de la lampe, dont les morceaux en tombant ont brûlé la main de maman.

— Il est très-vrai, répondit le papa, que les verres à boire, les verres de lampe, les carreaux de vitre, en s'échauffant brusquement, éclatent assez souvent. Cela tient à ce que le verre, exposé à une vive chaleur, se dilate beaucoup, c'est-à-dire se gonfle, s'étend. Si l'objet en verre est d'épaisseur inégale, la partie épaisse emporte la partie faible, et l'objet éclate. Mais vous ne pouvez encore bien comprendre cela; il faudrait que vous connussiez les premiers principes d'une science dont vous entendez quelquefois parler, de la physique.

— Mais papa, dit Louis, est-ce que tu ne pourrais pas nous expliquer comment et avec quoi on fait le verre?

— Je vais essayer, répondit le papa.

« On fait le verre avec un mélange de sable, de chaux et de sel de soude, que l'on fond au moyen d'un grand feu. Quand ce mélange est complétement fondu, on a du verre liquide comme de l'eau, et c'est pendant que le verre est liquide, qu'on fabrique tous les objets de verre.

— Mais, demanda Ernestine, comment s'y prend-on, par exemple, pour faire un carreau de vitre ? »

Le papa répondit :

« Vous vous êtes souvent amusés tous les deux à faire des bulles de savon en soufflant dans une pipe ou un tuyau de paille. Eh bien ! c'est par le même procédé, de la même manière, en trempant un tuyau de fer dans le verre fondu et en soufflant, que l'on fabrique les carreaux de vitre, les bouteilles, les flacons, etc. Quand on souffle un objet de verre, on le souffle dans un moule; en sorte qu'au lieu de faire une boule ronde, le verre fondu, en sortant du tuyau et en se développant, prend la forme du moule.

« Pour faire un carreau de vitre on fait d'abord un manchon, ayant la forme du manchon en fourrure de votre maman; puis on fend ce manchon dans le sens de sa longueur, on le ramollit à la chaleur, on l'étend sur un plateau, et l'on a une feuille de verre plate et mince, un carreau.

« Vous comprenez que toutes ces opérations ne marchent pas aussi simplement que je vous le dis là, et qu'il y a beaucoup de petits détails dont je ne vous parle pas. Mais en somme, c'est ainsi que cela se passe.

— Et les glaces? demanda Ernestine.

— Les glaces, répondit le papa, ne sont pas en verre; elles sont en cristal.

— Le verre et le cristal ne sont donc pas même la chose? dit Louis.

— Pas tout à fait, répondit le papa.

« D'abord il faut que vous sachiez qu'il y a deux espèces de cristal.

« L'un se trouve dans la terre comme les métaux, et s'appelle cristal de roche. Quand les morceaux de ce cristal sont assez gros, quand ils sont bien transparents et sans taches ni fentes, ils sont très-chers et très-recherchés. On ne fait avec le cristal de roche que des vases précieux, et différents petits objets comme ceux que votre maman met sur son étagère.

« L'autre espèce de cristal, fabriqué à peu près de la même manière que le verre, est composé d'un mélange de sable très-blanc, de potasse et de minium, qui lui-même se fait avec du plomb. Cette espèce de cristal sert à fabriquer les beaux verres de table, les belles carafes, les lustres, les glaces, etc.

— Mais, demanda Louis, que met-on donc derrière les glaces pour que l'on puisse se voir dedans ? »

Le papa répondit :

« On met derrière les glaces, ou plutôt on applique sur un côté des glaces un mélange d'étain et de vif-argent. On les étame avec ce mélange, à peu près de la même façon qu'on étame les casseroles de cuivre qui sont dans la cuisine.

— Papa, dit Ernestine, en nous

donnant ces explications, tu nous as parlé de différentes choses que nous ne connaissons pas du tout : tu nous as parlé de potasse, de soude, de minium et de vif-argent. Qu'est-ce que tout cela ?

— La potasse, dit le papa, est une matière d'une couleur blanchâtre, que l'on obtient en brûlant du bois; c'est de la cendre obtenue d'une certaine manière, et en employant des procédés que je ne puis t'expliquer.

« La soude est également une espèce de cendre qui se forme en brûlant certaines plantes, lesquelles croissent au bord de la mer.

« Le minium, je te l'ai dit, s'obtient en soumettant du plomb à certaines préparations que je n'essaierai pas non plus de vous expliquer, parce que vous n'êtes pas assez savants pour me comprendre.

« Quant au vif-argent, qu'on appelle aussi mercure, c'est un métal liquide. Tenez, il y en a dans le baromètre et dans le thermomètre qui sont là. Vous voyez, le mercure est d'un blanc brillant; de plus, il est excessivement lourd. Le mercure se trouve dans la terre, comme le fer, le plomb, l'or, etc.

— Voyez cependant, dit Louis, si je n'avais pas aperçu dans le feu ce petit morceau de verre qui est encore là, papa n'aurait pas pensé ce soir à nous apprendre tant de choses. »

FIN

TABLE

Tours, Imp. Mame.

www.ingramcontent.com/pod-product-compliance
Ingram Content Group UK Ltd.
Pitfield, Milton Keynes, MK11 3LW, UK
UKHW022305070726
13614UKWH00002B/552